图书在版编目（CIP）数据

有你真好 / （西）米格尔·坦科著、绘 ; 红披风译
. -- 北京 : 中信出版社, 2021.9
书名原文：YOU AND ME, ME AND YOU: BROTHERS
ISBN 978-7-5217-3358-7

Ⅰ. ①有… Ⅱ. ①米… ②红… Ⅲ. ①儿童故事－图画故事－西班牙－现代 Ⅳ. ①I551.85

中国版本图书馆CIP数据核字（2021）第141383号

有你真好

著 绘 者：[西] 米格尔·坦科
译　　者：红披风
出版发行：中信出版集团股份有限公司
（北京市朝阳区惠新东街甲4号富盛大厦2座　邮编　100029）
承 印 者：北京九天鸿程印刷有限责任公司

开　　本：880mm×1230mm　1/24　　印　　张：$\frac{5}{3}$　　字　　数：25千字
版　　次：2021年9月第1版　　印　　次：2021年9月第1次印刷
京权图字：01-2018-3588
书　　号：ISBN 978-7-5217-3358-7
定　　价：35.00元

服务热线：400-600-8099
投稿邮箱：author@citicpub.com

出　　品：中信儿童书店
图书策划：红披风
策划编辑：吴岭
责任编辑：刘杨
营销编辑：易晓倩 李鑫橦 张旖旎
装帧设计：李晓红

有你真好

[西] 米格尔·坦科 著绘　红披风 译

中信出版集团 | 北京

兄弟，就是那个你有时跟着，

冰激凌

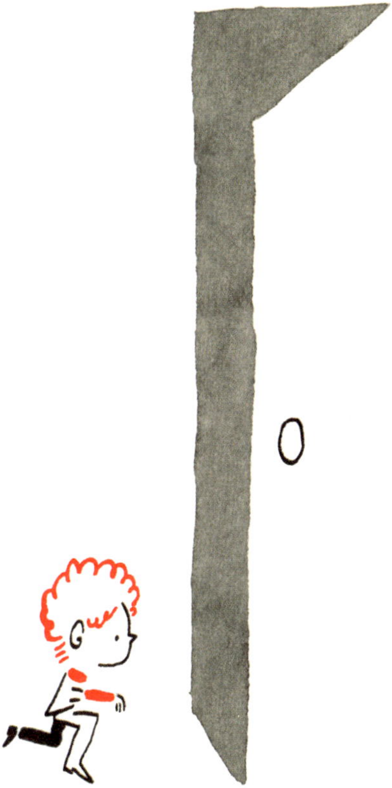

有时又想躲开的人。

兄弟，有时什么都不想给你，

有时又什么都愿意与你分享。

6:00

兄弟，就是时而与你打打闹闹，

时而静静安坐的人。

兄弟，就是与你一起穿越小桥，

一块儿在沙滩建塔的人。

兄弟，会带你和朋友一起玩，

还会与你分享秘密藏身地。

兄弟，是可以一起安静看雨，

一起追逐梦想的人。

兄弟，是有时和你开战，

又会及时保护你的人。

兄弟，是见不到就会想念，

信箱

总想与他时刻相伴的人。